きらめく水と光　松村由利子
病をめぐって　染野太朗
号泣を許す強さ　田中　槐

小川佳世子歌集『ジューンベリー』栞

砂子屋書房／2020

きらめく水と光

松村由利子

人生は不条理に満ちている。生まれる時代や国を選ぶことはかなわず、恋も病気も偶然に支配される。『ジューンベリー』には、そうした不条理と折り合いをつけつつ生きる日々が繊細に、そしてしなやかに描かれている。

第一歌集『水は見ていた』から、小川佳世子さんはさまざまな水を詠み続けてきたが、この歌集でも、揺れる心そのもののような水が繰り返し詠まれている。

水は水を呼ぶ　遠き湖を　今もさがしてさまよう水鳥
その人はきれいな水でできているわずかに覗く湖もそう
点滴の針はなかなか入らへん身体は雨を待っているのに

「湖」も「雨」も現実世界から遠い。渇きを潤してくれる水を求める水鳥は、作者自身でもあるだろう。水を湛えた空間は、夢想と現実が淡く溶けあう美しい汽水域のようだ。雨を待つ身体の切実さを、「なかなか入らへん」という京ことばは何と巧みに表していることだろう。口語表現の多彩さは、この歌人の持ち味のひとつである。

歌集を読むと、雨を待つ「身体」が苛酷な状況を受け容れざるを得なかったことがわかる。

食べ物をためるところが無くなって一本の線私の腹は
錠剤を押し出す力の弱ければはるかな岸の鹿を恋うなり
もうもとのからだのかたちに戻れない　夏が雨滴にかわって落ちた

知的でやわらかなまなざしが自身に注がれるとき、病む身体は輝きだす。誰もが何かしら脆いところや欠損を抱えているのに、それを直視せずに日常をやり過ごしている。「はるかな岸の鹿」を見ることができるのは、現実を直視する勇気をもつ詩人だけなのだ。幻の鹿を見る「からだ」に、夏の化身のような激しい雨が容赦なく降り注ぐ。

第二歌集『ゆきふる』には、「身体《わたくし》はノンフィクションであるような気がする秋の朝に目覚めて」という一首が収められている。「身体」は重たく不自由きわまりないものであり、歌人の心はそこにはとどまらない。

わたくしの身体の目で見るものをわれの心は信じていない

また森へもどりなさいと声を聞く　今年の大文字は大雨
いろいろなことが気になりひっかかりとうめいなきれになりはしないな

「身体」が現実世界に縛りつけられていても、心は自由に「森」へと帰ることができる。そして、紫蘭を濡らす雨や、玄関まで迫ってくる夕立など、この歌集には何と多くの雨が降っていることだろう。雨に打たれた身体からは抱えてきた過去も感情も流れ落ちそうだが、決して「とうめいなきれ」にはなれないという。「なりはしないな」という結句は、諦念よりももっと強い断念を思わせる。
こうした虚実のあわいにたゆたうところに、この歌人の抒情の勁さがあるのだが、時に悲鳴のような声が響く。

ああひどい大雨だったいろいろな叫びの声も聞こえなかった
手を摑んで！　溺れてしまう。空を飛ぶ翼は未だ生えていない、かも
日日ままは耳から遠くなってゆく絶叫しているひまわり畑

暗雲を伴う不穏な「黒南風」が通り過ぎたとき、作者は「叫び」を確かに聞いた。見せ消ちのように「聞こえなかった」と言ってみせたことで、却って叫びを聞いた恐ろしさが伝わってくる。溺れそうな危機感、老いてゆく母との別離を怖れる気持ち、いずれも作者の胸の奥深く沈められているものだが、ふとした拍

子に叫びとなって自身を脅かす。
小川佳世子さんの世界は、こんなふうに不条理な世界で遭遇する痛みや悲しみを多く捉えつつ、決して暗くない。見る角度によって色合いを変える不思議な湖のように、至るところで光がきらめいていて、その美しさに泣きたくなってしまうのだ。

青空にジューンベリーの花の白　今までのすべて号泣したい

病をめぐって

染野太朗

歌集の目次をたどっていくと、冒頭から「転居と骨折」に始まり、その後も「退院」「骨転移はなかった」「骨壊死」「検査入院」「大腿骨骨折」といった小題がつぎつぎに現れる。骨に限らず、前歌集『ゆきふる』に続いて、本歌集においても小川さんは、自身の病をめぐって多くの歌を詠んでいる。

「病む前の私はいない」あとさきに白い木蓮灯っていたが

腰痛のレントゲン写真をとる台の冷たさ「さわりますよ」のやわらかさ
とことしえに早期発見繰り返し治療をすると思えばおぼろ
夏まつりの日は昨年も暑かったまだ胃があった夕暮れだった
二十年後に人工骨頭再置換の予定とぞ聞く遠くて白い

僕たちはふだん自分の体をほとんど意識しない。意識しないまま、体ではなく、あたかも自分の心こそが生きる主体のすべてであるかのように暮らしている。ところが、「脚を骨折した」とか「胃が痛い」とか「肩が凝った」とか、平時とは異なった感覚——多くの場合それは不快を伴う——が生じたとき、僕たちはそこに骨や胃や肩があることを明確に意識する。体を意識する。自分が体を伴った存在であることを意識する。そして、体に心を対置させたりもする。

小川さんの歌を読んでいて興味深かったのが、しかし、小川さんの歌は、病によって自分の体そのものへの意識を強くしたり、あるいは苦しみや不安の感情を体に対置させたりといったことにはあまり向かわないということだった。つまり、病による心身の再発見、という印象が薄いのである。そうではなく、病が、どちらかと言えば、心身そのものや「心／身」という二項対立をあまり意識させない、主体の観念あるいは詩情のほうへ道をひらいていくのである。

先に引用した一首目、実存の揺らぎのようなものがまず提示される。もちろんこれ自体も観念なのだが、さらに言えば、この歌において印象的なのは、病の前後の心身ではなく「木蓮」なのであり、しかもこれは手触りのある実物の木蓮ではなく、時空を超えて存在しうる観念的な、抽象的な「木蓮」として感じられる。木蓮をスケッチするのに「灯る」という動詞が使われることも、その印象をさらに強くする。二首目、体が感じる「冷たさ」と心が感じる「やわらかさ」が対比されているのだが、一首において目立つのは、体の感覚や心情ではなく、何よりこの対比の構図そのものなのではないかと思う。歌の中心が対比ということそれ自体に移動するとき、心も体もどこか二の次となって、歌に残るのは、例えば詩情としての「さわりますよ」の淡い響きだけ、という感じがする。四首目、「〜た」のくりかえしで淡々と詠まれるとき、「まだ胃があった」には驚いてしまうが、この即物的な把握はやはり体を、そして心をも置き去りにしていて、夏の「夕暮れ」の光や気温、湿度をこそじわじわと想像させる。

さらに、三首目と五首目。結句に注目する。「おぼろ」とはつまり、途方もなく続くであろうこの「繰り返し」を思ったときの、ぼんやりとした未来の印象だろうか。「遠くて白い」は「再置換」の日の遠さ、そして、やはりそのおぼろげにしか想像できない未来のことを言っているのだろう（白は人工骨頭の色でもあるかもしれない）。小川さんの歌にはときおり、このように、まったくの主観的な把握が唐突に投げ込まれることがある。それは、病による心身の再発見よりも主体の観念や詩情そのもののほうが歌に目立つありようと、強くかかわっている気がする。

誕生日の翌日ならば六月だ　白っぽいカレンダーはいいな
青空にジューンベリーの花の白　今までのすべて号泣したい

一首目、「白っぽい」とは、カレンダーの紙やイラストの色、あるいは、まだ予定が書き込まれていない、という具体かもしれないのだが、このように印象のみ、枠組みのみを唐突に言われると、それはもっと観念上の「白」であるように感じられ、理屈を排した主観的・直感的な把握として目立つように思う。上の句の事実への感慨も、突き詰めれば主体にしかわからないものであるはずだ。二首目、「今までのすべて号泣したい」の、「すべて」は何を指すのかむしろ曖昧だし、「すべて号泣する」とはつまりどのようなこと・状態なのか、いまいち確定はできない。けれども、過去のすべての出来事に感傷して強く泣きたくなるような気持ち、というような、その衝動や気分は直感的に伝わる。

小川さんの歌に、心身の痛みやスケッチされたモノゴトの質感が感じられない、ということではもちろんない。けれども僕がこの歌集にまず読み取ったのは、客体化され論理をはっきりと構築され伝達のための言葉で整えられたような心身や直接的な感情の発露やモノゴトのありようではなく、何らかの対象が小川さんの観念に把握されるプロセスやその瞬間それ自体だったのである。

本歌集で小川さんは、方言の使用なども含めてさまざまな方法を試みている。また例えば、父親を詠むときの、愛憎が解放されるさまには、むしろ自由さえ感じられて、読み込みたくなる。さまざまな観点で語られるべき歌集だと思う。

もうもとのからだのかたちに戻れない　夏が雨滴にかわって落ちた

点滴の針はなかなか入らへん身体は雨を待っているのに
鳥の声　涙は滲むままのなき世界で私は気絶している

号泣を許す強さ

田中　槐

小川佳世子さんの前歌集『ゆきふる』を読んだひとは、彼女が思わぬ大病を患って過酷な日々を過ごしたことを知っている。そして第三歌集となるこの『ジューンベリー』にも、病気の歌は多い。

食べ物をためるところが無くなって一本の線私の腹は
なつかしいと思ってしまった病院の固いベッドとうすいカーテン
ポストまで往復したいと思いしが「復」ができぬと断念をする
賞状より歩ける方がいいのにと一瞬思った　一瞬だけです
一シート飲んでしまった骸骨のような薬の殻を捨てる冬の夜

目次を見るだけで、何回骨折しているのだろう。長年の闘病による体力や免疫力の低下が、今も彼女を苦しめている。ただ、前の歌集から思うのだけれど、小川さんの病気の歌には、じめっとした暗さがない。胃を切除した自分の腹を「一本の線」とあっけらかんと歌い、「病院の固いベッドとうすいカーテン」を「なつかしいと思ってしまった」うっかりを告白する。近所を出歩く体力を失っても、「「復」ができぬと断念をする」にはどこか生真面目なユーモアを感じるし、車椅子で出席した授賞式を歌った四首目では、「一瞬だけです」と慌てて弱気を打ち消す。五首目は「骸骨のような薬の殻」という喩も面白いが、「一シート飲んでしまった」というため息のようなつぶやきが、この長過ぎる結句ともあいまって絶妙な哀愁を演出している。暗くないとはいっても、こういう哀愁は出てしまうわけで、時折見せる弱気な部分も小川さんらしい。

気を散らすために歩いていた廊下で元気そうだとまたも言われて
大泣きをしそうになるやん　踊り場で元気そうやと言われてしまい
ドトールで「私はつらい」と思う顔向かいのくもりガラスに映る
雨だから明るい声が出ないのでお礼の電話は明日にのばす
青空にジューンベリーの花の白　今までのすべて号泣したい

弱っている自分を見せまいと強がった結果に逆に傷ついたり、ガラスに映った自分の顔を見てつらかったことに気づいたり、どうやっても明るい声が出ない日があったり、号泣したいと思ってしまう日もある。だとしても、彼女がこの歌集のタイトルにした「ジューンベリー」の出てくるこの歌を、ただ泣き濡れる小川佳世子の姿とは思えないのだ。青空の青と、ジューンベリーの花の白、そしていずれは実をつけるその実の赤さえも、この歌には含まれている。彼女の現在と未来は、こういった明るさに満ちている。だからこそ、「今までのすべて」に対しての号泣を許しているのだ。その強さこそが、彼女がこの歌集に込めた思いだろう。

ほかにも小川さんの描写力の秀でた歌がたくさんある。

どんぶりの底泳ぎたる冷やしうどんつかまえ夏のお昼をおえる
いつの日も川の水面に光ありどれほど空が疲れていても
開花まであと二か月というところ雲の流れに置かれる花芽
順番に間を置き咲いてゆく百合を湛えて黙る青磁の花瓶
鉄条網みたいに伸びる枝の先新芽はやわく空に身を置く
胸中に黒南風をまだ飼いながら真っ直ぐ雨に濡れている幹

どれも描かれている光景は珍しいものではないが、いずれにも非凡な描写があって一首を生き生きとさせている。それは彼女の関西弁の歌にも同じことが感じられる。

鳥たちが何羽か窓を横切って　そのことやったらしってるさかい
嵐電が駅を出る時纏いつくこの白いもんが桜いうんか
点滴の針はなかなか入らへん身体は雨を待っているのに

どの歌も、関西弁がぴしりとはまっている。

さて、小川さんの歌のよさについてはまだ書きたいことがたくさんあるのだが（老人ホームでのユーモラスな歌とか、父母との葛藤の歌とか）、一冊をゆっくり読んでいただければそれはおのずと読者に届くだろう。最後に個人的に好きな歌を何首か引いて終わりたい。

一晩ですっかり葉桜もういいと桜のように思えればいい
日蝕の日は昼前に起き出して冬のバターはやっとやわらか
新しい年の日記は黄色くて「かなしい」が書かれませんように

小川さんのこの先の日記に「かなしい」が書かれないことを祈って。

歌集

ジューンベリー

小川 佳世子

砂子屋書房

＊目次

I

II

III

Ⅳ

V

あとがき　192

装本・倉本　修

歌集　ジューンベリー

I

転居と骨折

段ボールが目に入るだけで痛む腰持ち上げるのは業者さんでも

転居まで長い時間がかかりけりフォークざすずささりし道のり

母と二人すむコツひとつあげるならごめんなさいとまずは言うこと

「病む前の私はいない」あとさきに白い木蓮灯っていたが

いつ折れた跡かはさだかにわからぬが骨転移ではなかった画像

この部屋を置いて出てゆく時に履く靴は「動産」　だれがうごかす

何もかも私が悪いそう思い楽になるならもうそれでいい

来月はどう帰るのかわからない歩いて帰る最後の歌会

「奥さま」と呼び止められてなぜかうれしいステント交換後の病院

どんぶりの底泳ぎたる冷やしうどんつかまえ夏のお昼をおえる

誕生日の翌日ならば六月だ　白っぽいカレンダーはいいな

ゴミ置き場に昨日のゴミの無きことを今日一日の安堵としけり

青空の中に入ってそらを見る屋上で三方山を見納め

来週の診察の日に会いましょう私の欅は病院のまえ

あと二日しか見られない欅の葉　私の欅は窓いっぱいに

失敗の転居

引っ越しは失敗だった　決めてより胸に落ちゆき咲く水中花

トラックの音の聞こえぬ母と居て爆音にひとり　なすすべもなし

良いほうへ自然に行ってしまう人、いや人たちを片側に置き
思ったより寒い紫陽花の角を曲がる　だれかの日かげはだれかの日なた
書く前に考えているあとがきのそれを焦りというのだろうよ

新しく何か始まる前ぶれか　おなかの中でおおきくゆれた

二、三年休めばどう？　の一言がこんなに沁みる首のこわばりに

仕事できず焦る私にゆくりなく仕事し過ぎか？　と口開く母

もう夏を好きにならなくなんていい　紫陽花カラカラかわいてきれい

神経をなだめてくれる本を持つ　著者を思い浮かべればさらに

明日聞く検査結果は一週間前の検査の日に持っていた

あと何日ともにいられるわが胃かとみぞおちさするがこたえはこない

いわば余生まさに今余生なるをなぜ騒音にたえねばならぬ

甲子園の空に満月あと一四日ともにいられる私の胃の腑

四日の月くらいの嵩で九年間ともにすごした胃よさようなら

新月の日にわたくしの胃も消える三日月ももう落ちてはこない

退院

騒音のひどい部屋へと戻るのが怖いけれども他に行けない

またすぐに引っ越したいと思う時今度はどこへ、それが問題

入院はしばしの転居と思いしに模範患者は最早退院

気を散らすために歩いていた廊下で元気そうだとまたも言われて

九年前は三分の二切除していた胃

三分の一でもかなりの大きさだ　病理結果は良かったと聞く

もう意識をあずける場所も無くなったホッチキスごと無くした残胃

肥えてゆく不安の居場所だけはある体重はまただいぶ減ったが

入院前に急に壊れて機種変更したスマートフォンの機能が怖い

今思えば九年前の入院はガラケーのごとく牧歌的だった

一本の線

それがまだはるか遠くにあった日の川沿いに咲くオレンジコスモス

新月を待たず無くしたわが胃かな　そのように何かずれている日々

欠落に報復されている今か出先にも来るトラックの音

桜の葉を眺める気力を阻むのは傍らを過ぎるダンプの振動

食べ物をためるところが無くなって一本の線私の腹は

うどんが敵　意外なのだがこの胸の痛みはリアルマックスである

パンならば外食できる自信来て座っているが緊張はする

ドトールで「私はつらい」と思う顔向かいのくもりガラスに映る

ともだちが来た半日はトラックが少なかったと感じたようだ

もっともっと深くへ行けるはずだった間に合わないと誰が言ったか

ねてばかり

ねてばかりいても元気になれないと知ってはいるがねてばかりいる

ねてばかりいれば元気にならないと知っているからねてばかりいる

この部屋に来てはじめての秋だから冬へのそなえばかり気になる

暑過ぎて寒過ぎもする椅子ばかりある部屋にいる腹筋ない我

夜の会に誘ってくれるＬＩＮＥ見て「出かけにくい」と書き込む苦さ

イベントのつづく晩秋そのどれも元気だなあと見送るばかり

「抒情しておられるでしょう秋ゆえに」君に悪意は露もないはず

外国の人を見に行く旅だったバス停三つ嵐山まで

安心をあずけて去りしひとところ欅並木の燃えてるところ

一番の症状について告げられず会計処理を長く待ちにき

腰痛のレントゲン写真をとる台の冷たさ「さわりますよ」のやわらかさ

憎しみや嫌悪はあるいは楽だった父亡き後の冬陽の過剰

温かい部屋ばかりというのもどうだろう一枚着こんで北部屋へ行く

歩けない

雨だから明るい声が出ないのでお礼の電話は明日にのばす

桂川を毎日のぞんでいる暮らし観光バスも毎日見つつ

目覚めれば歩けるかもと思いしがまだ歩けずに新年となる

車椅子のレンタル料は意外にも高くないことまずは安堵す

車椅子で外に出るのは寒いこと今年はじめて気がついたこと

ＡＴＭに受け入れられる車椅子けれど画面が光って見えない

旧住所を見るたびかなし松の内過ぎてようやく賀状をしまう

開花まで

いつの日も川の水面に光ありどれほど空が疲れていても

容赦なく桜の枝は落とされて夜間照明灯の棒が立つ

ゆくりなく拒絶は来たり中座して洗面室へ急ぐ夢中で

店内で嘔吐したのに代金は無用と言われ　これもゆるしか

検査予約ばかりしているこれならば早期発見できると言う医師

とこしえに早期発見繰り返し治療をすると思えばおぼろ

現状の足弱車よろよろとその他の不具合置きざりのまま

どこからも離れて騒音聞いている地下鉄の駅を遠く離れて

開花まであと二か月というところ雲の流れに置かれる花芽

欲しかったもの

わたくしの欲しかったものはここにあるＬＩＮＥの小さな画面の中に
フルートがＵｎｉｖｅｒｓｉｔｙで一番と送られてきた姪のリサイタル

十時間かけて娘の晴れ姿見に来て疲れ果てたる姿

自分以外の成功を許さなかったわが父の褒める姿は思いもよらぬ

私の進路希望はその度に罵詈雑言につぶされてきた

外国でフルート奏者になってゆく姪はしっかり地面をふんで

父の名を呼び捨てにしてＬＩＮＥにて生理用品買えという姪

「気がめいる」と言ってもいいよそのほかに「西日がイヤ」と言ってもいいよ

家族みな笑顔の写真自分から一番遠い世界と思う

一晩ですっかり葉桜もういいと桜のように思えればいい

II

きわ

再検査までの十日をもてあまし妙にはしゃいで過ごす夏の日

宵山もこわいやんかと言うたのに隅田川の花火、警護がすごい

骨壊死と圧迫骨折しているし同じちゃうんか　でも落ち着かず

骨転移はなかった

結論を先に言います、大丈夫。なにか空気を損した感じ

錠剤を押し出す力の弱ければはるかな岸の鹿を恋うなり

さるすべりばかり目につく道中に一つ塀から出ている芙蓉

年上のいとこが桃を持ってきた　ちいさな人はまわりにいない

孫のいない老後を過ごす母がいて私の姪は動画の中に

母に子は私ひとりの盛夏にてひとりもいないわたしのこども

嵐山小学校に母と行く　警備の人のいる夏まつり

夏まつりの日は昨年も暑かったまだ胃があった夕暮れだった

初嵐の音はすごくて屋外の木の枝しなり「お言葉」はあり

湖のごとき川なり桂川風吹けば波は上流へ向く

ベランダで花火をすれば夏の夜に桜の枝は黄色く揺れる

近々に消えてしまうと困るもの　斜めに貼ったタイルの模様

飲んでいるブラジルフェレーロその向こうガラスの外の木の椅子の木目

ポストまで往復したいと思いしが「復」ができぬと断念をする

阝《こざとへん》取って祭は今やけど際《きわ》はいつでもいるのだろうか

八つ切りの西瓜に貼られたシールには糖度12度もう秋はいる

また森へもどりなさいと声を聞く　今年の大文字は大雨

骨壊死

骨壊死と名前はこわいが大丈夫「ほうっておけば治る」と聞いた

処方してもらうのだから一時間待つのは当然言い聞かせつつ

歩行器を持ち上げてくれる手があって嵯峨野温泉カフェに薫風

「八寸」が美しすぎて写真には撮らずながめる夜の嵐山

検査入院

なつかしいと思ってしまった病室の固いベッドとうすいカーテン

五年前悶着あった看護師がわざわざ会いに来てくれにけり

うれしさや楽しいことは待っているけれど未だに歩けない足

それまでに治るだろうか二週間　願いをこめてさする右足

いろいろなおかしいことも病棟にあると思えるくらいに元気

痛い場所もなくて阪神戦を見るこれは確かにいつもより楽

つらいこと一つとしてない入院はやはりなかったおなかが減った

消耗し「がんばれ」という看護師に「何をがんばるの」と言ってしまった

上流に流れるごときさざ波が　梅雨のはじめの川の面に立つ

梅雨の日々と式

堂々としていなさいと姉の声腹におさめて玄関を出る

七月の一日までには絶対に歩きたいです、医師《せんせい》に言う

引っ越しを失敗したのも父の遺産か　はじめて自由に選んだはずが

転居して一年「眺めのいい部屋」の眺めをいまだ歌にできない

阻むもの道路・トラック・暴走族、その先にある川に行きたい

雨のため中断しそうな試合にて阪神がまた逆転される

聞こえなくなってゆく母前にして私はどんどん無口になりぬ

報酬を使い果たして梅田までタクシーで行く変な暮らしだ

歩行器を先立てぎしぎし出講し褒められはすれ咎められるとは

クレームの電話がはなはだしいと言う科長の動かぬ白目がこわい

粛々と検査を受けてわたくしはこれからどこへゆくのだろうか

型どおりに添えられている折り鶴が保険請求関係書類に
聞こえなくなってゆく母　筆記用具を手放せなくなる日々の生活
ウィンドウズ10にあららとなってしまい私は戻るのが好きなのに

戻りたい前の家へと戻りたい一番はじめに笑った家に

それぞれの進路決まりし姪たちよ我になかりし少女期の夢

また銃撃フロリダ州は姪の住むオハイオ州から遠いだろうか

この次はすぐに終わるとさらり言う子供の頃じゅう戦争だった母

何もせず過ごしてしまった一日の終りに降る雨　とてもはげしい

歩行器か車椅子かで迷うことになってしまってあと十日間

車椅子対応による往復と決めてまた来るレンタル車椅子

「深くやさしい」人が一緒にいてくれる旅になるから楽しみになる

足がもし動くのならばスカイツリー見て帰りたい、いや歌会か

七月一日

ああなるほど新幹線に乗る時の駅員さんの車椅子さばき

連れてきてもらったおかげ何もかもまぶしく過ぎるガーデンパレス

賞状より歩ける方がいいのにと一瞬思った　一瞬だけです

タクシーを停めてもらって手に触れてもらって充分、でも歩けない

最後まで振り続けるのは恥ずかしい　すみません向きなおるのが早くて

水を吸ったスポンジのように大丈夫沁み出し長く続くうれしさ

七月二日

あくる朝ホテルのテレビ画面には不穏な首相の顔のアップが

楽しみにしていた多目的室のドアは一分おきに閉まりぬ

薄暗い部屋に閉じ込められつつも京都駅まで笑いあいすぐ

京都ごとお風呂になって待っていてくれたのだろう　37℃

III

反実仮想

あけがたのあさい眠りの夢に説く反実仮想女子学生に
ほんとうのことを言うわねわたくしもあやふやなのよ四文字熟語

おりおりに望みはちがう勝手さよ今は「ふつうに歩けますよう」

歩けたらあれもしようとおもうけどおそらくきっとやらないだろう

夏至暑し外廊下から見るすごい入道雲の暗い底面

聞きに行く朝にも紫陽花咲いている　予想の悪い検査結果を

意外にもまったくどうもないと言う先生ちょっといじわるでしたね

検査中の医師の深刻なもの言いと動きにこれは、と思っていたが

雨上がり水嵩は増えあきらかに下流へ流れている川の水

そういえば一度も言ったことがない「私は体力自慢ですから」

足首

夕立は西のほうからやってきて玄関に来る玄関に来た

あうたびに次の予定を決めてゆくあなたはそれてそれてゆくよう

二十余年あわずにいた人あらわれてケーキをくれた　それだけのこと

仁川で新婚旅行と囁かれうつむいていたあの秋の日に

天安門広場で仕舞を舞った時回してくれた大きなビデオ

足首の細さが決め手と肩幅の広いスーツを着て言っていた

足首の太い私に会いに来る　年月は人を変えるというね

アドレスに息子の名前　二十余年過ぎて変わったことの一つに

濡れているようなメールを海外の人に送ってしまう明け方

いつまでもはじまらぬ恋いくたびも続けて来たり解答として

夏はくずれる

慣れてくるころが危ないたちまちに夏は姿をくずしてしまう

あるはずの次号予告に載ってないそういうふうなこともあったな

単純なことだったのだ問題は。かくれていたのは主体の在り処

雨降りは眠たさ募り過去のこと忘れるための昼寝をしたい

水は水を呼ぶ　遠き湖を　今もさがしてさまよう水鳥

いつ母になったのだろうあの人は「虚構」にしばし足を浸せり

歩くってどういうふうなことだっけ？　すぐ思い出すと思っていたのに

おかあさんになりたかったな骨密度を計ってもなれないおかあさんには

くずれてもいいじゃないのとひとりごと言っている間に夕立が来た

大腿骨骨折

リハビリで歩きにくさが治るかと自分で落ちたような気もする

順番に間を置き咲いてゆく百合を湛えて黙る青磁の花瓶

五つほどビニール袋が飛び去った　え？　白い鳥だったなんて

階段を昇って迎えに来てくれるあなたを何と呼べばよいのか

杖はもう手放せないと聞いている歩幅が合わぬ石畳の道

お先にと退院してゆく人の手に杖あらず他の症例の人

先斗町！　先斗町ならぜひ行きます　せっかく京都に集まったのに

二十年後に人工骨頭再置換の予定とぞ聞く遠くて白い

確か夏　のような日だった入院の日が遠くなり「冬」の退院

幼き骨

幼くて折れやすき骨たずさえて神社の焚き火の傍を過ぎりぬ

病院の入口までは上り坂たしか昔は土の坂道

新春の老人ホームを見学す　ライフコースは脱輪したまま

病院の坂はいつしか舗装され待合室の木の椅子もない

お骨として残るのだろうかその後にきのこのような人工骨頭

老化する肌と幼きままの骨かかえて今日も病院へ行く

早春の桜のためる紅よ早春のまま折れる枝もあり

病院への坂は再び上らぬと自分を責めた時期はもういい

統計の平均数値の下限にも一度ものらずここまで来た骨

わたくしの幼き骨を見し人に挨拶すれば窓には桜

咲くまでは

セール品のなかに芽生えし春物はもう咲いていて冷たく光る

「嵐山嵯峨」への矢印見て曲がる罧原堤*は難読地名

*ふしはらつつみ

鉄条網みたいに伸びる枝の先新芽はやわく空に身を置く

私の家は罧原堤の桜並木の目の前にある
咲くまではここにいましょう何にせよ行けない有料老人ホーム

水を流し人々を渡す献身　水面は輝き光も運ぶ

見逃してしまわないでとしばらくを飛んでいたのにもういない鳥

横雲の「実景」を見て確認し外廊下から家内に入る

カーテンを閉める時刻が早くなり西山はまだ雪を抱いて

愛の手紙

全身で返信を書くほんとうは往信すべき愛の手紙を

枝先に♪のならびにとまる鳥　手紙書きます手紙書きます

ＤＭで住所を聞いて書く手紙　しらとりは北へ行ってしまった

『手紙魔まみ、夏の引越し（ウサギ連れ）』は二〇〇一年発行でした。
当時は「あれ？『手紙』でいいの？」と思っていましたが。

君からの手紙は箱に入れておく風の夜には発光している

開けざりし言葉はどこにいったのか「都をどり」のポスターはめくれ

何もかも手紙に見える白線も北山に残る昨日の雪も

若い頃会ったのですか　その人に聞いたのですか鳥の言葉を

あなたには書いてほしいと思います誰も知らないわたしの昔を

これこそを愛の悟りというべきか欅並木に大きな切り株
大木の欅の根元は掘り出され小さな欅がそこにはあった

父が国家（6月23日作）

父が国家、治安維持法少しでもさからうようなら容赦なかりし
父に国家、がすべてであった昭和十六年十二月の父

空腹がすべてであった国家より昭和二十年八月の父

昭和三年うまれで海軍七十七期島田修二氏に合わせたかりし

おそらくは思考停止の父が浴びた「反動小川を葬れ」のビラ

引っ越しも何でも自分で決めてしまう父は家族の国家になった

父が国家（国家は父を振り回し）片恋のままついに死にたり

ジセダイタンカ

死セダイになるまではみなジセダイや　ゆっくり急げジゼダイタンカ

ともだちになりたいですという重さ真水のような瞳の人に

この部屋に入り込むのは今日最後ドアを開ければ目の前に幕

黒幕の向こうに水鳥いるらしい彼岸のほうはこういうものか

引越しの前に郵便受けを見る　チラシの中に死者の歌集が

死セダイはいつも変わらず居てくれるまだまだみんなジゼダイタンカ

青鷺がこんなとこまで飛んできて振り返る空冬の青空

Ⅳ

急な引越し？（私とママと）

ぐずぐずとはじめられない月初め弥生の雨にポストへ急ぐ

弥生二日桜の枝は剪定されしかし植え替えられず済みけり

落ちつかぬ三月三日は過ぎてゆき雛の色紙をすばやくしまう

序破急の急のところに急になり老人ホーム見学の日々

高齢者ばかりになりしマンションは老人ホームに似るがごとしも

介護棟自立棟とはつながりてつなぐ廊下で振り返る母？

自立棟に二人入居は今リミット？　私と母とどちらが先に

散文的な毎日である一時金償却年数や金額とともに

満開の桜はきっと見られると願ってすごす弥生中旬

結局はこの部屋がいい　やっと思えたとたん花嵐来る

診断書

さまざまな上着の過ぎる交差点でももうロングコートはいない

有望な若い詩人と友だちで山霞見上げ深呼吸する

桜だと間違えてしまいびっくりだ角に灯った白木蓮よ

三十二年ぶりに訪ねし木造の建物二棟並びて雨降り

入口に入る階段三段も一瞬にしてよみがえりけり

木造の階段きしみカルテ来るカルテ！　ああ紙のカルテが
開花前の雨に降られて診断書ひらひら冷える爪の先から
満開の一日後に晴れにけり桜もきっと嬉しいだろう

川に出る視界は広がり山近くああ晩年を生きているなり

子犬の顔

たくさんの子犬の顔かと思ったよ　低い桜の木の下の道

憧れの老人ホームがあるけれど七十五歳まで入れない

満面の緑の中にただ一枝今日も散らずにみせている一枝

アメリカの姪に水引送る春　ママに家族はわたくし一人

一枝に花はいつまで残るだろうきっと忘れてしまうころまで

連休で資料が来ないまつばかり老人ホームは遠くなりたり

更衣　この洋服はあの時に着たと思ってさびしさばかり

私にも入れる老人ホームへと　私の家族もママひとりゆえ

洋服はおおかた捨ててしまうだろう　老人ホームに収納がない

春の検査

弥生末検査のために部屋に籠り満開まではもうすぐちゃうか
それはそうものすごいことやと思うけど明日には忘れてしまうんちゃうか

検査結果を聞きにいくまで一週間ガーゼにふさがれている春や

鳥たちが何羽か窓を横切って　そのことやったらしってるさかい

体操の前に皆で庭を見る　スタッフが言う女子高みたいや

新緑の寒い光は見えていて椅子にすわらなしょうがないやん
検査結果はどうもなかった左足にごっつい傷が残ったんやけど
これからも検査検査と続く日日こんなことにはなんでなったん

嵐電が駅を出る時纏いつくこの白いもんが桜いうんか

大泣きをしそうになるやん　踊り場で元気そうやと言われてしまい

水仙はわれを

はじまりは肺胞腫瘍あったかもしれない人生なんて今やろ

四年半ぶりに遺伝子診療の公式文書をもらって青空

さまざまな病気や事情あるゆえに遺伝子診療部の忙しさ

おばあさんは皆堂々としているなあ見習いたいけどぺこぺこしている

わかくても体の不自由な人がいる　一番年近くて八歳上の

右腕の不自由な人と向かい合う　水仙はわれを見ている光

黒南風、白南風

新緑はすぐ黒南風に覆われる　見ておけ今のうちに光を

私にはもう黒南風だ雷が怖くて乗り過ごしているバス

こんな日の壁に黒雲漂わす京都駅ビル前に大勢

黒南風の中に入ったような日々雨が降ったら抜け出せますか

黒南風を胸の中から追い払いでも頭上には暗過ぎる雲

胸中に黒南風をまだ飼いながら真っ直ぐ雨に濡れている幹

ああひどい大雨だったいろいろな叫びの声も聞こえなかった

何のライトアップだろうか黒南風の通った後の梢に光

＊

白南風の訪れた日は道を行くみんなの体の中も白南風

白南風と心の中でつぶやけば京都の夏も蒸し暑くない

再び骨折

病院の欅若葉をふりあおぐあまりの光に引き寄せられて
体勢がどうくずれたのかわからないともかく頭を打たないように

激しく腰に力を入れていて青葉を見ていた時間は延びた

長時間青葉と光を見ていたよう結局頭は打ってしまった

定期検査の前に頭のＣＴだ病院前でこけてよかった

ＣＴも腰の骨折も大丈夫打身の痛さに少し耐えよと

安心は一応したけど何日も全身痛いこれはおかしい

レントゲンに映る背骨に四つの異常すぐにはわからないこともあると

世界中にこんな痛さがあるのかと思っていたが忘れたようだ
若葉のせい、いや自分のせいの痛みだから我慢をしようもう少しだけ

戦争と父と師

「暑い寒い言うな、満州の兵隊さんを思え。」凍り付く家

「手をまわす」ということを先生は秘めず公表された　大きさ

父親は半田地震に会っていない理由は祖母が「手をまわしたから」
父の本には見てきたように震災が描かれている見ていないのに
敗戦後七十余年同じ年生まれの師と父にそれぞれの桎梏

わたくしは五月三日は先生の回復をただ祈っていただけ
先生は空襲に会われた　ただ父は舞鶴で腹が減っていた
四か月だけ兵士でありし父はその時だけが生涯の誇り

先生の名を口に出すたましいと呼びたいもので温まるよう
中庭に紫蘭は雨に濡れていて祈りのように煌めいている

V

もとのからだ

もうもとのからだのかたちに戻れない　夏が雨滴にかわって落ちた

痛みにはレスキュー薬が加わってほんの少しの花のようなり

老人ホーム

いじわるもいじめも無視もやはりあるついには派閥もできたみたいや

夏晴れがまだ来ないなあと思ううち明日はきれいな秋晴れという

コスタリカ産アトラティスコーヒーを飲んで地下から雨を見ていた

もう枯れた、と思った中庭《パティオ》の木の葉っぱ金に輝くきっと彼女だ

向き合って庭に居たのはもう遠くなりたりカーディガン脱ぐ

いろいろなことが気になりひっかかりとうめいなきれになりはしないな

「フォビアやな。薬飲んでも治らんで。」目を見て言ってくれる確かさ

われと居て母の時折はしゃぐ時われに子のない時間のはるか

一杯の湯のみのお茶にむせる時老人ホームに寄りゆくこころ

向き合って中庭にいた遠き夏写しておいてくれてありがとう

これからも早期発見続きやし長生きするな、ひとときはあく

カリキュラム編成のもとのリストラについての会議　ないでいる波

「クレーム」がＢＣＣで回されて「楽しかった」はゴミ箱の中

はるかはるか遠くを見ている横顔を見ないふりしてやはり見ている

生きづらさ

『和泉式部日記』に確かむる憂い顔になりても流るる鴨川の水

レポートの活字が君を遠ざける泣いた横顔見せてた君の

駅伝に心おどらぬ今年かなわけをさがせど特にはなくて

日蝕の日は昼前に起き出して冬のバターはやっとやわらか

生きづらさとはまことこのこと全身の痛みに耐えて五時限終える

先生が今年退任するといううわさですが、と言われうれしい

一科目減るだけですよ、やめたくはありませんよと本心より告ぐ

「『和泉式部日記』を読む」も終わりしと真実のことを言えざりにけり

一シート飲んでしまった骸骨のような薬の殻を捨てる冬の夜

手を摑んで！

手を摑んで！　溺れてしまう。空を飛ぶ翼は未だ生えていない、かも

今になってつくづく沁みる病名は書くなと言ってくださったこと

半月のように曲がったシルエット　ホームの窓に映して歩く

これも世につながっている証拠なり確定（還付）申告をする

いつのまにか一人また一人消えてゆく　それがいいのと教えてもらう

全身の痛みも老にはあたりまえ老いる前ですがそうなのですか

鳥も来ず花も見えないわが窓も遮光カーテン開いて日が射す

山の端に横雲の中とうめいのシーツの中に春風はいる

しわしわの中の一つのしわになり皆で行う午後の体操

刻印を押すかのごとく病歴を次年の手帳に書き写したり

退任になりし授業の資料など捨てんとするも迷う年末

火は心に似ているという君は今竹林の上の空を見ている

カーテンを朝少しだけひろげれば映る陽のあああなたみたいだ

両腕を抱きしめゆする体操をしている君はハートのごとし

青空にジューンベリーの花の白　今までのすべて号泣したい

春の葉書

枯れ庭の花は突然光りだす春の葉書が届いたからだ

ポルトガルに行かずにおわるわれならん雨に薙ぎ倒されている草

錠剤のシートの横線ぺきぺきと一回二錠のとん服の時

みずうみに黄金の鍵の落ちる日は毎年ねむい春のことぶれ

平成の最後の春の雨の中二円切手が残り二枚だ

わたくしの人生なのに決めつける手紙にこわい返信をした

春は医師も転勤多くさびしいがマッサージ許可の置き土産がうれしい

二十五年診てくださった骨なのに自分で転んで申し訳ない

ゆくりなく生活ちぢむ予感の中で誤作動をする非常ベルの音

ていねいに慈しみ合って生きましょう見えなくなった岸辺の縁も

まま

点滴の針はなかなか入らへん身体は雨を待っているのに

母と二人で老人ホームに入居して二年になった

宇和島と京都生まれのままとわれ京ことばとはいえへんわなあ

町家からままがいくども飛び出してわたしを抱いて走った仁和寺

天窓の遠さは少し好きやった暗くて寒い町のおくどさん

こわいぱぱにげるところはいつもまま今は二人で仲良うしよな

おたがいにいろいろあった後だからのんびりしよな老人ホームで

まあ母娘一番よろしと言われます　空へと向かう無数の魚

もう五十九でもままおらんと一人では一緒におらんとなんもわからん

わがやには子も孫もひ孫もいない　冷たき太陰太極図なり

日日ままは耳から遠くなってゆく絶叫しているひまわり畑

白鳥がみにくいあひるのこのままの娘を看取り見る北の空

鳥の声　涙は滲むままのなき世界で私は気絶している

八月のカレンダーもうまっすぐに貼れない母の右腕の痣

ノースリーブ

音階というすずしきしずく前にして苦労している雨だれの指

「夏祭り」終わりし次の日お習字の手本は「晩夏」ああそうなのか

化粧水ひやりとすべり五十代最後の夏はもう過ぎてゆく

灰色の油絵の具のありったけの色をぶちまけ吐きそうな空

目の前のすべて可愛いものたちよパジャマの柄よいつかさよなら

クロアゲハは枯葉のように地をすべりもう日が落ちて月が明るい

びしょびしょに濡れた樹木の間からもう聞こえ来るこおろぎの音

雷がきっぱり秋を連れて来た暑くなってもきっぱりと秋

一日で季節変わりぬ秋となりノースリーブはもう着られない

すとんと秋

すとんと秋米櫃に落ちる米に囲まれ温かくなる

水道の秋がひとつぶシンクに落ちひろがってゆく最後まで行け

「気の毒に上品な人やったのに」認知症の人が彼女指す声

秋すすみ空気は冷えてあばら骨のような雲たち空にただよう

老人のまごやひまごの訪問の後を輝く夕陽が包む

うしろ暗い過去を持つ者富む者は「未来志向でいきましょう。」

世の中はきびしきものと思い出す抜けしと思わば良き風の辻

わたくしの身体の目で見るものをわれの心は信じていない

たましいに氷を落とす輝のような傷を残して消えてゆくなり

今日の午後麦茶がぬるくならないと妙なところでめぐり会う秋

おばちゃんとお風呂に入った一歳児　母は私を育てなかった

そうなのだ目玉クリップはずす時一つ季節はめくられてゆく

お習字で金木犀の字の中に牛がいること知ってしまいぬ

ハロウィンのハッピーケーキを食べてから齊宮《さいのみや》神社で会う変な人

ない内臓もうない骨を思おえばゾンビと同じハロウィンの我

その人はきれいな水でできているわずかに覗く湖もそう

アトムはもう最後の「神話」という画家の絵の中にいる半裸の少年

歳末

クリスマスお正月スペシャルウィークを来年もきっと母と一緒に

年ごとにみかんを好きになり給う愛媛生まれの母をしぞ思う

わたくしはアフタヌーンストレッチ鳥はとまって枯葉は流れる

顔見世も錦市場も他人《ひと》のものかたや高額かたや観光

あれは何年前だったか錦にだし巻きを買いに行っていたのは

クリスマス近隣ドライブ宝塚ＯＢショーに行くという母

歳末でなければ行事には参加しないという母なのに

除夜の鐘聞きつつ入る風呂もない狭い部屋にて母と二人で

十二個の干支の置物一つだけねずみは俵に乗っかっている

還暦になっても娘はあなたの子来年もどっか遊びに行こな

あか

還暦を祝ってくれる紅葉か血のしたたりの一葉もあり

ラベンダーの枝はなぎ倒されており　株が残らば来年も咲く

中庭の小さな赤い葉じっと見る「若い人はええなあ」と背後で

華甲記念木具師橋村萬象展心の赤が煌めいている

タクシーの運転手さんにねえちゃんと言われたえ　赤いの着てるからや

赤色が少ない冬の病院に母の検査につきそっている

ホームの男性は皆感じええな　一番ええのはゆうちゃんという母

嵐電の桜のトンネル今日くぐり今日はさくら紅葉のトンネル

この度の私のねずみは十干十二支重なる上に乗っかってくる

十年ぶり入院の無いちはやぶる令和元年過ぎゆくようだ

本殿へ急ぎてよぎる巫女さんの袴の色の目に沁みる赤

新しい年の日記は黄色くて「かなしい」が書かれませんように

ままの退院

早朝はどすんと鳴って救急車母を連れ去りするりとひとり

ウイルスを含んだ空の暗い雲降りこめられて雨の日ひとり

牛乳を飲みたくなるのは春だろう　あちらこちらにミルククラウン

五十代騒々しくて先に逝くこともあると思えどすーっと六十

骨折は癒えて退院する母よ部屋汚いで怒らんといてや

退院の前日の今日は晴天でさしこむようにさびしい真昼

退院の無い入院なんかまだまだやはるかさきまで笑い合おうな

あとがき

老人ホームの中庭の山桜が開花した。まだ枝々はさびしいが、三つか四つ開いた。「開花宣言やで」と皆で見ていた。中庭の中でも日当たりの悪い場所にあるので山桜のわりに開花が遅い、今年は花が一つだけで終わるのかなと思っていたが次々咲きそうな様子で嬉しい。

山桜を見ていろいろな「思い」が起こってくる。山桜のほうもそうかな、と想像してみる。私は日当たりが悪いとくよくよしないで咲きますよ、と強い木かもしれない。

子どもの頃から自分のいろいろな「思い」を外に表現することがあまりなかった。こうして山桜の開花を見て短歌にできることは今まで心に溜まっていた「思い」を外に出してあげることなのかもしれない。今の「思い」も外に出そう。「出そう」じゃないな「見つけよう」かな、ややこしいけどそうなのだ。なるべく直接的ではなく、花や木やいろいろな出来事と仲良くしながら、と思う。

二〇一六年からの約四〇〇首をほぼ編年順に集めました。

表紙に御作品の使用をお許しいただいた画家、矢澤健太郎先生（新制作協会会員）に感謝いたします。私は先生の絵が大好きです。

お忙しいなか栞文を書いてくださった染野太朗様、松村由利子様、田中槐様ほんとうにありがとうございました。

未来その他の歌友のみなさまにもお礼を申し上げます。

そして、岡井隆先生はこの間もおおきくあたたかく見守ってくださったと思います。心から感謝申し上げます。

出版にあたり、砂子屋書房の髙橋典子様、田村雅之様、装幀の倉本修様には、重ねてお世話になりました。ありがとうございました。

二〇二〇年六月　ジューンベリーの実を見た日

小川佳世子

著者略歴

小川佳世子（おがわ　かよこ）

一九六〇（昭和三五）年、京都市生まれ。
一九九九年　未来短歌会入会。岡井隆に師事。
二〇〇二年度未来年間賞受賞。
二〇〇六年　第一歌集『水が見ていた』（ながらみ書房）出版、
　　　　　第三三回現代歌人集会賞受賞。
二〇一五年　第二歌集『ゆきふる』（ながらみ書房）出版
　　　　　第二四回ながらみ書房出版賞受賞。
二〇一八年　『現代短歌文庫小川佳世子歌集』（砂子屋書房）出版。
現在、京都芸術大学通信教育部文芸コース非常勤講師。京都在住。

ジューンベリー　小川佳世子歌集

二〇二〇年七月二六日初版発行

著　者　小川佳世子
京都府京都市右京区嵯峨明星町一―三一―三〇五（〒六一六―八三三七）

発行者　田村雅之

発行所　砂子屋書房
東京都千代田区内神田三―四―七（〒一〇一―〇〇四七）
電話　〇三―三二五六―四七〇八　振替　〇〇一三〇―二―九七六三一
URL　http://www.sunagoya.com

組　版　はあどわあく

印　刷　長野印刷商工株式会社

製　本　渋谷文泉閣